AF407189

Река забирает всё

Alex Avetis

Река забирает всё

Река забирает всё

Река забирает всё

ЧАСТЬ I — *Тайны реки*

ЧАСТЬ II — *Война на реке*

by

Alex Avetis

Река забирает всё

**Человек думает, что переходит реку.
Часто это река переходит его.**

Alex Avetis

ОТ АВТОРА

**Некоторые книги рождаются не как замысел,
как память.**

Сначала это бывает лишь чувство — смутное ощущение места, где люди слишком долго молчали. Потом появляются река, туман над водой, пустая дорога, лица, привыкшие не смотреть прямо, и человек, который ещё не понимает, куда именно он приехал.

Так родилась эта книга.

Река забирает всё — *художественный роман. Это не документальная хроника и не история одной конкретной деревни. Но в его основе лежат вещи, которые остаются реальными в любой стране и в любое время: страх и власть, молчание и выбор, цена достоинства и надежда, возникающая тогда, когда кажется, что всё уже решено.*

*Меня всегда интересовал момент, когда человек перестаёт соглашаться.
Не громкий подвиг и не красивая победа, а тот внутренний шаг, которого никто не видит. Именно с него начинается всё важное.*

Борис в этой истории — не герой и не злодей. Он просто человек, однажды оказавшийся там, где всё уже было решено за него. Человек, который понял, что назад дороги нет, и что иногда остаётся только один выбор: сломаться — или идти до конца.

Река в этом романе — больше, чем место действия. Она стала памятью, временем и силой, которая забирает многое, но не способна унести главное. Она течёт вперёд, как жизнь, оставляя человеку лишь то, что было в нём настоящим.

Я не знаю, был ли он прав.
Но знаю другое: он не отступил.
И, возможно, именно поэтому эта история до сих пор остаётся со мной — как туман над рекой, который никогда не исчезает до конца.

Если в этой книге вы узнаете не только далёкое место, но и что-то из собственной жизни — значит, она была написана не напрасно.

— ***Alex Avetis***

Первое издание

ISBN: 979-8-9949132-0-8
Издательство: Alex Avetis Publishing
Лас-Вегас, Невада, США

Контакты: www.alexavetis.com
Отпечатано в Соединённых Штатах Америки

ОГЛАВЛЕНИЕ

Река забирает всё

ЧАСТЬ I

Тайны реки

Перед каждой войной приходит тишина

Река забирает всё

*Перед каждой войной приходит тишина.
А перед тишиной — страх.*

Река забирает всё

Дорога в Джексонвилл

Каждая дорога сулит бегство.
Немногие знают, куда они ведут на самом деле.

Шоссе тянулось бесконечной серой лентой. Асфальт дрожал от жары, а на горизонте, там, где небо касалось земли, воздух расплывался в зыбком мареве. Борис вёл свой старый «Шевроле Каприс» из Флориды на запад, в сторону Лас-Вегаса.

Он давно привык к дороге: ночёвки в машине, кофе в пластиковых стаканчиках на заправках, радио, играющее вполголоса, и ощущение, что впереди всегда есть ещё несколько миль, за которыми можно оставить всё ненужное. Дорога была его убежищем. Без адреса. Без обязательств. Без прошлого. Только он и полоса асфальта, уходящая за горизонт.

Солнце медленно клонилось к закату, окрашивая облака в густой багрянец. Тени вытягивались, воздух становился прохладнее. Борис почувствовал, как тяжелеют веки. В висках глухо стучала усталость.

И тогда он уловил запах.

Он появился внезапно — тяжёлый, сырой, солоноватый. Запах воды. Будто где-то за лесами дышало море, хотя до океана было ещё далеко.

Борис сбросил скорость, машинально втянул воздух глубже и свернул с трассы на просёлочную дорогу, уходившую в низину.

Деревушка встретила его тишиной. Узкие улицы, деревянные дома с покосившимися верандами, редкие огоньки в окнах. В воздухе стоял запах рыбы и дыма. Со стороны реки доносились голоса — кто-то смеялся, кто-то ругался, в темноте плескалась вода.

Борис припарковал машину у обочины, вышел наружу и присел на капот. Закурил. Тонкая струйка дыма растворилась в вечернем воздухе. Он смотрел на реку.

По воде двигались силуэты лодок. Рыбаки возвращались с уловом. Даже с берега было видно, как в свете редких фонарей вспыхивает серебристая чешуя. Сети ломились от рыбы и крабов. Лодки одна за другой подходили к старому причалу, где их уже ждал человек с весами.

Тот работал быстро и без лишних слов: принимал сети, взвешивал добычу и тут же отсчитывал наличные. Рыбаки брали деньги молча — кто-то кивал, кто-то коротко усмехался и уходил в темноту.

Борис наблюдал почти заворожённо. Всё происходило слаженно, точно давно отрепетированный спектакль.

В груди у него что-то дрогнуло.

Он увидел простую схему: работа — товар — деньги.

Без казино. Без долгов. Без пустой суеты. Только река, сети и быстрые живые деньги.

Он затушил сигарету, усмехнулся и едва слышно сказал:

— Вот это да...

Этой ночью Борис не смог уснуть. Сидел в машине на окраине деревни и смотрел на реку, где огоньки лодок один за другим исчезали в тумане.

Внутри зрела новая мысль.

Может быть, он наконец нашёл то, что искал.

Тайна деревни

**Молчание часто становится
первой стеной вокруг власти.**

*У*тро встретило Бориса прохладой и запахом сырой травы. Солнце только поднималось из-за деревьев, золотя крыши деревянных домов. Деревня просыпалась медленно: где-то скрипнула дверь, залаяла собака, на крыльцо вышла женщина с ведром.

Борис побрился, умывшись водой из канистры, и решил зайти в местный бар. В таких местах новости узнают быстрее, чем в мэрии, полиции или на почте.

Бар стоял на углу главной улицы. Невысокое здание с облупленной вывеской, двумя мутными окнами и дверью, которая скрипнула ещё до того, как он вошёл.

Внутри пахло жареной рыбой, табаком и пролитым пивом. Половицы тихо стонали под ногами. В углу хрипела старая радиола, выдавливая блюзовую мелодию.

За стойкой стоял хозяин бара — высокий чернокожий мужчина лет пятидесяти, с тяжёлыми руками и внимательным взглядом. Он неторопливо полировал стакан.

— Ты у нас проездом, чужак? — спросил он, не поднимая голоса.

— *Может быть, — ответил Борис. — Налей виски.*

Разговоры за столами стихли не сразу, а по одному — как лампы, которые гаснут в разных концах комнаты. Несколько человек откровенно смотрели на него. Белый мужчина в дорогой кожаной куртке, с лицом человека, привыкшего к дороге, здесь выглядел так же чуждо, как дорогая машина на болотной просёлке.

Борис сделал глоток.

— *Хорошее место у вас. Спокойное.*

Бармен коротко усмехнулся.

— *Спокойное? Это ты ночью реку не видел. Там работа начинается раньше рассвета.*

Из-за соседнего стола кто-то бросил:

— *Да что он понимает. Завтра уедет.*

Борис повернул голову.

— *Может, и не уеду.*

В комнате стало тише. Кто-то хмыкнул. Кто-то отвернулся.

Только один старик перестал улыбаться.

Он сидел у окна. Лицо было иссечено морщинами, руки покрыты шрамами, глаза усталые, но живые. Он поднялся, взял кружку пива и сел напротив.

— *Джо*, — *представился он.*

Некоторое время они молчали. Старик рассматривал Бориса так, будто пытался понять не лицо, а намерение.

— *Кто ты?* — *спросил он.*

— *Человек в дороге. Ищу место.*

Джо кивнул.

— *Здесь место только для тех, кто не боится.*

Он сказал это спокойно, без угрозы. Но в словах чувствовалось предупреждение.

— *Тебе здесь не понравится,* — *добавил он спустя паузу.* — *Комары, грязь, тяжёлая работа. Уезжай, пока не поздно. Выпей свой виски и езжай дальше.*

Борис слегка улыбнулся.

— *А мне понравилось. Река. Тишина. Может, даже дом здесь куплю.*

Старик посмотрел внимательнее.

— *Дом?*

— *Почему нет. Деньги у меня есть. Для лета* — *хорошее место.*

Взгляд Джо изменился. Он понял: этот человек не случайный проезжий.

Старик наклонился ближе.

— Тогда слушай внимательно. Здесь живут рыбой и крабами. Другой работы нет. Река кормит всех.

Он отпил пива и поставил кружку на стол.

— И кое-чем ещё.

— Чем? — спросил Борис.

На лице Джо мелькнула тень усмешки.

— Каждое утро течение приносит сюда рыбу и крабов из моря. Лодки возвращаются полные. Мы сдаём улов. Получаем наличные. Быстро. Просто. Выгодно.

— Легально?

Старик тихо рассмеялся.

— А как ты думаешь?

Он замолчал, словно решая, сколько можно сказать. Потом заговорил тише.

— В нескольких милях отсюда стоит завод. Официально — мёртвый. На деле — живее всех живых. Там сортируют товар, пакуют, грузят и отправляют в рестораны Джексонвилла, Майами и дальше на север. Никаких бумаг. Никаких вопросов.

Борис слушал, не перебивая.

— А ещё есть взлётная полоса за лесом, — сказал Джо. — Иногда самолёты возят не только рыбу.

Этого было достаточно.

Борис понял масштаб.

Старик посмотрел ему прямо в глаза.

— Запомни, чужак. Здесь не любят тех, кто задаёт лишние вопросы. Слишком любопытные исчезают быстро.

Борис кивнул. Но внутри уже поднимался знакомый азарт. Он чувствовал запах денег так же ясно, как утром чувствовал запах воды.

Когда они вышли на улицу, туман начал рассеиваться. Деревня выглядела тихой, почти сонной.

Но теперь Борис знал: под этой тишиной работает механизм. Старый, точный, безжалостный.

И где-то глубоко внутри уже возникла мысль:

а что, если стать его частью?

Новая жизнь

**То, что кажется удачей,
может уже быть ловушкой.**

Ч*ерез неделю Борис уже знал, что останется.*

Дорога в Лас-Вегас потеряла смысл. Всё, что ещё недавно казалось движением вперёд, вдруг стало пустой привычкой. Здесь, в забытом богом месте, среди воды, тумана и деревянных домов, он впервые за долгое время почувствовал не бегство, а возможность.

К картам и казино в нём давно не осталось азарта. Там деньги зависели от случая. Здесь — от рук, от терпения, от того, насколько рано выйдешь в реку и насколько крепко удержишь сеть. Это казалось честнее любой удачи.

Он купил старый дом на окраине деревни. Покосившаяся веранда, облупленная краска, двор, заросший сорняком. Хозяин попросил четыре тысячи долларов. Борис молча достал пачку купюр из багажника и отдал без торга.

Днём он работал руками: латал крышу, красил стены, выносил из комнат хлам, рубил сухие ветки во дворе. Вечерами заходил в бар, садился в углу и слушал.

Сначала на него косились. Потом привыкли.

Он не задавал лишних вопросов, пил мало, говорил коротко. Для своих он не стал своим, но и настороженность вокруг него уже не была прежней.

Единственным человеком, кто с самого начала не держал дистанции, оставался Джо.

Старик жил один в маленькой лачуге у пристани. Дом казался таким же старым, как и он сам. Джо знал реку так, будто она была частью его тела: где течение сильнее, где рвутся сети, где рыба идёт глубже, а где сама ложится в руки.

Однажды вечером он пришёл к Борису, постоял на веранде и сказал:

— Если решил влезть в это дело, тебе нужна лодка. И сети.

Они пошли к причалу.

Под выцветшим тентом стояла старая деревянная лодка с мотором. Рядом лежали свёрнутые сети — тяжёлые, пропахшие водой и солью. Всё выглядело уставшим, но ещё крепким.

— Забирай, — сказал Джо.

Борис посмотрел на него.

— Просто так?

Старик пожал плечами.

— Река сама решит, просто так или нет.

Он немного помолчал, потом добавил:

— Только помни: она берёт столько же, сколько даёт.

На рассвете они вышли вдвоём.

Лодка рассекала серый туман. Мотор тарахтел низко и хрипло. Вода вокруг казалась неподвижной, пока не замечал течение. Джо показывал, как ставить сеть, как чувствовать её руками, как тянуть, чтобы не порвать, как ждать и не спешить.

Борис учился быстро.

Через несколько часов ящики были полны рыбы и крабов. Живые, тяжёлые, цепляющиеся клешнями за борта. Он смотрел на добычу и не верил, что всё это поднято за одно утро.

— И так каждый день? — спросил он, вытирая пот со лба.

Джо усмехнулся.

— Каждый день, пока река не передумает.

Они вернулись к заводу.

У причала стоял тот же человек с весами. Не поднимая глаз, он взвесил улов и отсчитал деньги.

Когда Борис пересчитал купюры, сердце у него тяжело ударило в груди. Почти тысяча долларов. За одно утро.

— Ну что, теперь веришь? — спросил Джо.

Борис только кивнул.

Вечером он сидел в баре один. Перед ним стоял стакан виски, а в кармане тяжёлым грузом лежали деньги. Впервые за долгое время он чувствовал не усталость, не раздражение и не пустоту.

Он чувствовал, что оказался там, где должен был быть.

Но когда Борис поднял взгляд, улыбка медленно сошла с его лица.

За дальним столом сидели рыбаки. Они смотрели на него молча.

В этих взглядах не было зависти.

Только холод.

И предупреждение.

Появление союзников

**Иногда помощь приходит
под личиной изгнания.**

*В*ечер в баре был тёплым и шумным. Голоса наслаивались друг на друга, смех вспыхивал в разных углах, стекло звенело о стойку, и во всём этом было что-то привычное, почти успокаивающее. Люди приходили, занимали свои места, говорили о простом — о погоде, о реке, о цене топлива, — будто сама жизнь держалась на повторении одних и тех же разговоров.

Борис сидел немного в стороне.

Он не искал компании, но и не сторонился людей. Просто наблюдал. За тем, как они смеются, как замолкают, как переглядываются через столы. В таких местах многое понимаешь раньше, чем это произнесут вслух.

Парень подошёл сам.

Он остановился у стола, чуть наклонился и спросил:

— Можно?

Борис кивнул.

Парень сел напротив. Был молод, коротко стрижен, плечист, но без показной силы. Спина держалась слишком прямо, движения были слишком собранными — так обычно сидят люди, которые долго жили по чужому распорядку и ещё не успели от него отвыкнуть.

— Эрик, — сказал он.

Некоторое время они молчали.

— Ты не отсюда, — произнёс Эрик наконец.

Борис усмехнулся.

— Уже не уверен.

На лице парня появилась короткая улыбка.

— Я тоже.

Он обвёл взглядом бар, задерживаясь на лицах так, словно проверял, осталось ли здесь для него хоть что-то знакомое.

— Родился здесь, — сказал он. — В этой деревне.

Пауза.

— А теперь будто нет.

Борис посмотрел внимательнее.

— Почему?

Эрик пожал плечами.

— Ушёл в армию. Вернулся.

Он сказал это просто, но за простотой чувствовалось многое.

— И всё, — добавил он.

Он сделал глоток и некоторое время держал стакан в руках, не поднимая глаз.

— Здесь всё держится на том, что ты не исчезаешь, — сказал он тихо. — Если выпал — назад не возвращают.

Борис слушал молча.

— В лодки не берут. В работу не пускают. Смотрят как на чужого.

Он поднял взгляд.

— Хотя я отсюда.

Между ними повисла тишина. Но это была не неловкая тишина, а та, в которой уже сказано достаточно.

— Значит, ты меня понимаешь, — сказал Борис.

Эрик долго смотрел на него.

— Нет, — ответил он спокойно.

Пауза.

— Ты не понимаешь.

Борис не стал спорить.

— Ты выбрал это, — продолжил Эрик. — Остался.

Он качнул головой.

— А я — нет.

Эти слова прозвучали негромко, но в них было больше тяжести, чем в любом объяснении.

— У тебя есть шанс уйти, — сказал он.

Пауза.

— У меня — нет.

Борис ничего не ответил.

Эрик поднялся, но не сразу ушёл. Он будто хотел добавить что-то ещё и не находил слов.

Наконец сказал:

— Будь осторожен. Здесь не любят тех, кто не подчиняется.

Он посмотрел на Бориса внимательнее.

— А тебя уже заметили.

После этого развернулся и вышел.

Борис остался один.

Он смотрел на пустой стул напротив и впервые ясно почувствовал: происходящее больше не замыкается только на нём.

В этом месте уже были другие люди, для которых всё началось задолго до его приезда.

Страх сильнее его

**Страх не всегда убивает.
Иногда он учит.**

Это произошло в то время, когда Борис ещё заходил в бар почти каждый вечер.

Тогда ему казалось, что это место мало чем отличается от сотен других: люди сидят спокойно, разговаривают вполголоса, иногда смеются, спорят о пустяках, пьют после работы. Если в их взглядах и появлялась настороженность, она выглядела естественной реакцией на чужака — не больше.

Он не чувствовал себя своим. Но и настоящей угрозы ещё не ощущал.

Всё выглядело так, будто жизнь здесь идёт своим размеренным ходом и не требует от него ничего, кроме присутствия.

Именно поэтому тот вечер сначала не запомнился ничем особенным.

Когда Борис вышел из бара, воздух показался прохладным и плотным. Дверь за спиной закрылась, и шум, оставшийся внутри, почти сразу исчез — словно его отрезали.

Снаружи было тихо. Слишком тихо.

Из темноты кто-то вышел ему навстречу.

Сначала он увидел только силуэт. Огромный, тяжёлый, будто собранный не из человека, а из тени. Тот двигался медленно, но в этой медлительности не было спокойствия.

Что-то в нём было сломано.

Борис не успел ни шагнуть назад, ни поднять руки.

Резкое движение — и пальцы сомкнулись у него на горле.

Он даже не сразу понял, что его подняли в воздух. Просто в какой-то момент ноги перестали чувствовать землю.

Попытка вдохнуть ничего не дала.

Грудь осталась пустой.

Лицо нападавшего оказалось совсем близко. Борис видел только глаза. Красные, воспалённые, безумные. В них не было ни ярости, ни злобы — только пустота, которая страшнее любого гнева.

На шею легло что-то холодное. Металл.

Нож или пистолет — в ту секунду это уже не имело значения.

Важно было только одно: насколько близко конец.

Рука на его горле дрогнула. Сначала едва заметно. Потом сильнее.

Человек смотрел прямо в глаза и с трудом выдавил слова:

— *Советую... уехать отсюда.*

Пауза.

— *Немедленно.*

Голос звучал так, будто принадлежал не ему самому.

Борис не мог пошевелиться. Тело перестало слушаться. Всё, что раньше казалось силой, опытом, готовностью отвечать на удар, вдруг оказалось бесполезным.

И в этот момент внутри сработало что-то последнее — не мысль, не решение, а простой инстинкт не исчезнуть сразу. Он попытался что-то сказать, но сам не понял, что именно.

Пальцы разжались.

Он рухнул вниз, жадно хватая воздух. Несколько секунд не мог ни встать, ни оглянуться. Просто дышал.

Когда поднял голову, человек стоял в шаге от него.

Смотрел.

В этом взгляде не было завершения. Только напоминание: всё может повториться.

Он медленно поднял руку. Жест был ленивым, почти спокойным, но в нём было больше угрозы, чем в любых словах.

Как будто приговор уже вынесен.

Потом развернулся и ушёл. Тем же медленным шагом, которым появился.

Борис остался один.

Тело возвращалось постепенно: сначала дыхание, потом равновесие, потом способность двигаться.

Всё вокруг снова стало тихим.

Но это была уже другая тишина.

Страх пришёл позже. Не тогда, когда исчез воздух. Не тогда, когда металл коснулся шеи. А когда всё закончилось.

Он дошёл до машины, сел за руль и долго не заводил двигатель. Просто держался за него руками, словно проверяя, что мир вокруг по-прежнему настоящий.

И тогда понял то, чего никогда не знал раньше.

На войне страх был частью движения. Если на тебя шли — ты отвечал. Если была угроза — действовал.

Здесь всё оказалось иначе.

Здесь страх не толкал вперёд.

Он останавливал.

И в этом было то, к чему Борис не был готов.

Он всегда думал, что сможет ответить любому человеку с ножом или оружием. Сможет выжить. Сможет оказаться сильнее.

Но сейчас впервые понял другое.

Страх может быть сильнее человека.

Предупреждения

**Первый удар
редко бывает последним.**

*П*ервое серьёзное предупреждение пришло тихо.

Однажды утром Борис вышел к реке и увидел, что его лодка наполовину ушла под воду. В борту зияла пробоина, а сети, аккуратно сложенные накануне, исчезли.

Он долго стоял молча. Потом вошёл в воду по колено, вытащил лодку на берег и начал вычерпывать воду старым ведром.

Злость поднималась медленно, тяжело, но лицо оставалось спокойным.

К вечеру лодка снова была готова. Он нашёл доски, заколотил пробоину, смазал мотор, привязал новый канат. На следующий рассвет вышел в реку — и вернулся с уловом.

На другой день его ждало новое утро.

Причал был пуст.

Лодки не было.

На воде качались только обломки досок и куски сетей. За ночь её утопили окончательно.

Борис смотрел на воду так долго, будто надеялся, что сейчас всё всплывёт обратно. Потом сжал кулаки.

Это был уже не намёк.

Это было приглашение к поражению.

Но внутри у него поднялось другое чувство — упрямство. Старое, знакомое, почти животное. То, что не даёт человеку уйти именно тогда, когда уйти было бы разумнее всего.

Вместо отъезда он купил трейлер.

Через несколько дней достал лодку, восстановил её и начал возить к реке каждое утро. Вечером увозил обратно и ставил возле дома, под окнами.

— Я не уйду, — сказал он Джо. — Пусть знают.

Старик тяжело посмотрел на него.

— Тогда будь готов. Следующее предупреждение может стать последним.

Вечером Борис зашёл в бар.

Когда он переступил порог, разговоры стихли. Не резко — один за другим, как будто кто-то проходил по комнате и гасил звук.

Мужчины сидели за столами, не отводя глаз. Во взглядах уже не было простой неприязни. Там появилась открытая угроза.

Кто-то демонстративно плюнул на пол.

Бармен только покачал головой, будто хотел сказать: не заставляй всё становиться хуже.

Борис прошёл к стойке, заказал виски и выпил его стоя.

Никто не подошёл.

Но тишина давила сильнее любой драки.

Позже, уже на улице, его догнал Джо.

Лицо старика было мрачным.

— Я же говорил тебе. Здесь не любят чужих. Они думают, ты забираешь их хлеб.

— Я ничего не забираю, — ответил Борис. — Ловлю, как все.

Джо покачал головой.

— Для них — не как все. Для них ты чужой. А чужим здесь не дают жить.

Борис усмехнулся.

— Пусть попробуют.

Старик долго смотрел на него, потом отвёл взгляд к реке.

— Я говорил тебе, — тихо произнёс он. — Река берёт столько же, сколько даёт.

Первая встреча

**Некоторые люди входят в нашу жизнь,
уже неся в себе скорбь.**

Вечер был холодным, хотя до настоящей ночи оставалось ещё немного времени.

Туман поднимался с реки и медленно стелился по земле, стирая границы между домами, причалом и дорогой. В таком тумане всё звучало тише — шаги, дыхание, даже собственные мысли.

Борис шёл вдоль воды без цели.

Он не искал никого и ни от чего не уходил. Просто двигался, позволяя себе быть в этом месте без необходимости что-то решать.

Шаги он услышал не сразу.

Они были негромкими, но в них не было случайности.

Он остановился.

В нескольких метрах от него, у самой воды, стояла девушка. Она не оборачивалась. Смотрела на реку так, будто пыталась увидеть в ней то, что не поддаётся взгляду.

Её фигура была неподвижной, но в этой неподвижности чувствовалось внутреннее напряжение — как у человека, который давно привык ждать плохого.

— Здесь холодно, — сказал Борис.

Она ответила не сразу.

— Я знаю.

Голос был спокойным. Но в нём не было тепла. Не холод — именно отсутствие тепла.

Борис сделал шаг ближе. Туман между ними чуть разошёлся.

— Ты его дочь, — сказал он. — Он показывал твою фотографию.

Она повернулась.

В её взгляде не было удивления. Только настороженность человека, для которого чужое присутствие редко означает что-то хорошее.

— А ты тот, кто не уехал, — сказала она.

Они смотрели друг на друга дольше, чем требовал разговор.

В этом взгляде не было интереса. Но было узнавание.

— Тебе лучше уйти, — сказала она.

— Мне уже говорили.

На её лице появилась тень усмешки. Короткой, почти незаметной.

— Тогда ты не понял.

Борис покачал головой.

— Понял. Просто не согласен.

Она сделала шаг ближе и остановилась на расстоянии, которое ещё не нарушает границу, но уже не оставляет случайности.

— Ты думаешь, ты сильный? — спросила она.

Он не ответил.

Она и не ждала ответа.

— Он ломает таких, как ты.

Сказано было тихо. Почти без интонации.

— Он уже ломал.

Её взгляд стал глубже. И в этот момент Борис понял: это не угроза. Это память.

— Я не он, — сказал Борис.

Она посмотрела прямо ему в глаза.

— Все вы так говорите.

Ветер прошёл по воде. Туман снова начал закрывать пространство между ними.

Она отвернулась.

— Уезжай, — сказала тихо.

И ушла.

Борис остался один.

Он смотрел на реку и впервые почувствовал: это место держится не только на страхе.

В нём есть чужая боль, которая никуда не исчезла.

Против системы

**Наступает момент,
когда выносливость становится сопротивлением.**

С каждым днём напряжение росло.

В баре, где ещё недавно Бориса встречали пусть и настороженно, но без
открытой вражды, теперь воцарилось молчание. Мужчины
отводили глаза, когда он входил. Женщины шептались за спиной.
Даже дети, бегавшие босиком по пыльным улицам, перестали
подходить к нему.

Деревня менялась.

Или, может быть, просто переставала притворяться.

Однажды утром, ещё до рассвета, Борис вышел к лодке. Туман лежал
над рекой плотным серым слоем. Он откинул брезент — и замер.

На носу была примотана бутылка с тряпкой, пропитанной
бензином.

Её не успели поджечь.

Несколько секунд он просто смотрел. Потом аккуратно снял
бутылку и бросил в воду.

Сердце билось так громко, что в утренней тишине этот звук казался чужим.

Но через час он уже вышел в реку.

Один.

Сети уходили в воду, мотор работал ровно, в воздухе висел привычный запах соли и рыбы. Всё выглядело как обычное утро — до тех пор, пока над водой не раздался сухой хлопок.

Пуля прошла над плечом и ударила в борт. Дерево треснуло, вода брызнула внутрь.

Борис резко пригнулся и обернулся.

В тумане, на расстоянии нескольких сотен метров, стояла другая лодка. Четыре силуэта. Неподвижные.

Они не прятались. Они ждали, чтобы он увидел.

— Уезжай! — донёсся голос. — Сейчас ещё можешь.

— Я остаюсь! — крикнул Борис.

Ответом стал второй выстрел. Пуля ударила в воду рядом с лодкой. Следом третья пробила корму.

Он бросился на дно, прижимаясь к мокрым доскам. Внутри впервые за долгое время поднялась не злость, а паника.

На борту лежал бензобак. Если попадут в него — всё закончится мгновенно.

Борис схватил бак и швырнул его за борт. Затем замер, ожидая следующего выстрела.

Но выстрелов больше не было.

Через несколько секунд чужой мотор заревел, и лодка растворилась в тумане.

Только тогда Борис поднялся.

В борту зияла пробоина. Вода быстро прибывала. Без мотора лодка становилась гробом.

Он начал вычерпывать воду ведром, руками, всем, что попадалось под руку. Но вода приходила быстрее.

Лодка медленно оседала.

Холод поднимался по ногам.

Он уже стоял по пояс в воде, когда увидел берег. Далеко, но достаточно близко, чтобы попытаться.

Борис прыгнул за борт и поплыл.

Он плыл в одежде, не чувствуя ни холода, ни усталости. Только ярость.

В баре были двое, кто всегда смотрел на него с ненавистью. Теперь он был уверен: это они.

Добравшись до берега, Борис выбежал на песок и, не переводя дыхания, бросился домой.

В сарае стояло ружьё.

Он знал только одно: сейчас возьмёт его, пойдёт в бар и закончит всё сам.

Но судьба встретила его раньше.

Навстречу вышел Эрик.

— Ты куда? — спросил он, увидев Бориса насквозь мокрым.

Тот ничего не ответил и прошёл мимо.

Эрик понял всё без слов.

Через минуту Борис ворвался в сарай, схватил ружьё и уже направился к выходу, когда в затылке вспыхнула боль.

Мир сорвался в темноту.

Очнулся он на табурете. Руки были связаны. Перед ним стоял Эрик.

— Ты что делаешь?! — хрипло крикнул Борис.

— Спасаю тебя, — спокойно ответил тот. — И тех, кого ты сейчас убьёшь.

Борис рванулся вперёд, но верёвки впились в запястья.

— Я знаю, кто стрелял... Я им ноги прострелю... Только отпусти...

Эрик присел напротив.

— Слушай внимательно.

Он смотрел прямо в глаза.

— Ты ждёшь родителей. Хочешь перевезти их сюда. Если сейчас пойдёшь в бар, у тебя три дороги.

Он загибал пальцы.

— Первая — тебя убьют.
Вторая — тюрьма.
Третья — розыск и бегство.

Пауза.

— В какой из этих жизней ты сможешь помочь своим родителям?

Слова ударили сильнее, чем приклад.

Борис замолчал.

Ярость ещё жила в нём, но уже теряла власть.

Он вдруг ясно увидел всё, ради чего терпел, работал и держался в этой стране.

Ради них.

Эрик заметил перемену.

— Теперь понял?

Долгая тишина.

Потом Борис кивнул.

Эрик развязал верёвки.

Некоторое время они стояли молча. Потом обнялись — коротко, по-мужски, без слов, которые были уже не нужны.

Позже Борис вошёл в дом и начал собирать вещи.

Он решил уехать. Навсегда оставить Джексонвилл, реку, бар, всю эту грязную войну.

Но, проходя мимо зеркала в спальне, остановился.

Подошёл ближе.

На него смотрел уставший, мокрый, измученный человек.

И всё же в этом лице он увидел не поражение.

Он увидел себя.

Если он уйдёт сейчас, то навсегда потеряет того Бориса, который привык идти до конца. Того, кто не бросал своих под огнём, не ломался от страха и не отступал, когда становилось по-настоящему опасно.

Он долго смотрел на своё отражение.

Потом медленно опустил сумку на пол.

Внутри стало неожиданно тихо.

Спокойно.

Он лёг на кровать, поднял руки к потолку и громко сказал в пустую комнату:

— Я не боюсь.
— Я останусь.

Он оставался уже не ради денег.

И даже не ради упрямства.

Он оставался потому, что иначе перестал бы уважать себя.

Вся его жизнь была борьбой. И он слишком хорошо знал: самое тяжёлое сражение всегда происходит не снаружи, а внутри человека.

На войне он уже победил страх однажды.

Теперь страх вернулся.

Значит, пришло время победить его снова.

Вместо бегства Борис начал готовиться к войне, которая рано или поздно должна была начаться.

Рассвет поднимался над деревней как ни в чём не бывало.

Где-то лаяла собака. Где-то хлопнула дверь.

Жизнь продолжалась.

Только для Бориса она уже стала другой.

* * *

ЧАСТЬ II

Война на реке

Никто не владеет страхом вечно

**Война начинается тогда,
когда страха уже недостаточно.**

Река забирает всё

Река забирает всё

Человек с сигарой

Власть часто приходит тихо.

В деревне появился новый человек.

Никто его не представлял. В этом не было необходимости. Люди и без того знали, кто он такой.

Вечером к бару медленно подъехал чёрный «Кадиллак». Лак кузова отражал тусклый свет фонарей. Дверца открылась мягко, почти бесшумно.

Из машины вышел мужчина.

Высокий. В белом костюме, слишком дорогом для этого места. На голове — светлая шляпа. В руке — толстая кубинская сигара.

Он не спешил.

Шёл так, будто всё вокруг уже принадлежало ему.

Когда дверь бара открылась, внутри мгновенно стало тихо. Карты замерли на столах, смех оборвался на полуслове, кто-то опустил взгляд в стакан. Остался только звук его шагов и медленное шуршание дыма.

Он сел за стол в углу.

Бармен сам принёс виски, не дожидаясь заказа.

Никто не называл его по имени. Все говорили одинаково: Хозяин.

Борис вошёл несколькими минутами позже.

И сразу понял, кто перед ним.

Ещё до того, как услышал голос.

Ещё до того, как увидел лица остальных.

Он почувствовал это по тишине.

— Подойди, — сказал человек с сигарой.

Голос был негромким. Но в нём не было ничего, что позволяло бы отказаться.

Борис подошёл и сел напротив.

Хозяин некоторое время молча смотрел на него, прищурив глаза. Во взгляде не было ярости. Только холодная уверенность человека, привыкшего, что сопротивление заканчивается раньше, чем начинается.

— Я слышал, ты решил заняться рыбой и крабами, — произнёс он, затягиваясь сигарой. — Смелое решение.

Он стряхнул пепел на пол.

— *Но здесь всё давно поделено. Каждый знает своё место.*

Борис молчал.

— *Ты думаешь, что нашёл золотую жилу.*

Хозяин чуть улыбнулся.

— *Но копаешь не золото. Копаешь собственную могилу.*

— *Я просто работаю, — спокойно ответил Борис. — Никому не мешаю.*

Хозяин покачал головой.

— *Ошибаешься. Здесь даже твой улов — уже помеха. Потому что он не твой.*

Он подался вперёд.

Запах дорогого табака смешался с запахом дешёвого бара.

— *Я даю тебе неделю.*

Пауза.

— *Потом тебя здесь быть не должно.*

Он поднялся. Стакан остался почти полным.

Из-за соседнего стола сразу встали двое крепких мужчин и вышли за ним.

Дверь закрылась.

И только тогда бар снова задышал. Люди заговорили, задвигались, кто-то нервно засмеялся слишком громко. Но взгляды украдкой всё равно возвращались к Борису.

С того вечера воздух в деревне стал другим.

Тяжёлым. Как перед грозой.

По ночам ему казалось, что за окнами кто-то ходит. В темноте мелькали тени, в траве слышались шаги, которых могло и не быть.

Сначала порезали сети. Потом прокололи колёса трейлера. Затем выбили окна в доме. Ночью загорелся сарай, и он едва успел сбить пламя ведром воды.

Но каждый раз Борис поднимался снова.

Чинил. Заколачивал. Возвращался в реку.

Однажды ночью он заметил в зеркале машину с выключенными фарами. Она шла за ним по просёлочной дороге слишком долго, чтобы быть случайностью. Борис резко свернул между старыми амбарами, заглушил мотор и погасил свет. Машина пронеслась мимо.

Это тоже было предупреждение.

Когда он вернулся домой, дверь была пробита ножом. К рукояти была приколота записка:

Уходи. Последнее слово.

Борис долго сидел в темноте, не зажигая свет.

Слушал собственное дыхание.

Бежать?

Нет.

Он зашёл слишком далеко.

Последнее предупреждение

***Последнее предупреждение —
это, как правило, приглашение сделать выбор.***

Ночь опустилась на деревню тяжело и низко. Воздух был густым, пропитанным дымом, солью и сыростью.

Борис сидел на веранде своего дома. Перед ним стоял стакан виски. На столе лежала зажигалка, которую он машинально открывал и закрывал, слушая сухой щелчок кремня.

Именно так он услышал фары.

Свет скользнул по деревьям и остановился у ворот.

К дому медленно подъехал чёрный «Кадиллак». Лак кузова блестел даже в темноте. Машина выглядела здесь почти неприлично — слишком дорогая, слишком чистая, слишком уверенная в своём праве стоять где угодно.

Дверца открылась.

Из машины вышел Хозяин.

Сигара тлела в его руке ровным оранжевым огнём. За ним поднялись двое мужчин. Один держал бейсбольную биту. Другой — дробовик.

Они не торопились.

Хозяин остановился у ступеней и долго смотрел на Бориса, будто проверял, не изменилось ли что-то за время их последней встречи.

— Ты всё ещё здесь, чужак?

Борис поднялся.

— Как видишь.

Хозяин усмехнулся.

— Хорошая деревня, правда? Тихая. Спокойная. Люди знают своё место.

Он сделал затяжку и выпустил дым в сторону дома.

— А потом появляется кто-то вроде тебя. Без приглашения. Без разрешения. Без понимания, куда пришёл.

Борис молчал.

— Здесь есть закон, — продолжил Хозяин. — Молчать. Работать. И держать всё внутри.

Он сделал шаг ближе.

— Мы не любим чужих.

— Я не чужой, — сказал Борис. — Я работаю, как все.

Хозяин покачал головой.

— Нет. Они работают для нас. А ты — для себя.

Пауза.

— В этом и разница.

Он подошёл совсем близко. Борис чувствовал запах дорогого табака и холодную уверенность, исходившую от этого человека сильнее любого оружия.

— В последний раз говорю тебе, Борис.

Он произнёс имя спокойно, почти вежливо.

— Либо ты исчезаешь сегодня. Либо завтра тебя уже не будет.

Тишина повисла между ними.

Где-то за домом заскрипела ветка.

Борис не отвёл взгляда.

— Тогда завтра и посмотрим.

Один из людей за спиной Хозяина чуть двинулся вперёд, но тот остановил его жестом.

На лице появилась тонкая улыбка.

— Смелость и глупость часто выглядят одинаково.

Он повернулся, не спеша спустился по ступеням и сел обратно в машину. Его люди последовали за ним.

Через секунду двигатель зарычал, и «Кадиллак» исчез в темноте.

Борис остался на веранде один.

Только теперь он почувствовал, как сильно сжимал стакан. На стекле остались следы пальцев.

Он сел и долго смотрел в ночь.

Внутри кипело всё сразу: злость, унижение, усталость — и что-то ещё, более опасное. Желание не отступить любой ценой.

На следующее утро его не пустили на завод.

У ворот стояли рабочие. Никто не говорил грубостей, не угрожал, не спорил. Они просто молча качали головами и показывали рукой: разворачивайся.

Он уехал.

Позже, уже у реки, Борис увидел на песке свежие следы крови. Рядом лежала старая куртка Джо.

Лодки в тот день не выходили.

Деревня будто вымерла.

Он поднял куртку, стряхнул с неё песок и долго держал в руках.

Внутри что-то окончательно изменилось.

До этого момента он боролся за деньги. За место. За право остаться.

Теперь всё стало личным.

История Джо

Некоторые раны живут дольше людей, которые их носят.

Борис сидел на веранде.

Перед ним стоял стакан дешёвого виски. Он налил его давно, но так и не притронулся. В такие вечера дело было не в том, чтобы пить, а в том, чтобы дождаться момента, когда что-то станет яснее — пусть даже без слов.

Туман медленно поднимался от реки. Доски под ногами остывали после дневной жары. Где-то далеко плеснула вода.

Шагов он не услышал.

Джо появился из темноты так тихо, будто его вынес сам туман.

Старик выглядел хуже, чем когда-либо. Лицо было в синяках, губа разбита, одежда мокрая и в грязи. Он тяжело опустился на стул и некоторое время просто смотрел в сторону реки.

— Ты не понимаешь, во что влез, Борис, — сказал он наконец. — Они тебя не оставят. Здесь всё держится на страхе. И на молчании. Ты ломаешь то, что они строили годами.

— *Понимаю,* — *ответил Борис.*

Джо медленно покачал головой.

— *Нет. Если бы понимал — уже бы уехал.*

Они замолчали.

Снизу, у воды, волны ровно били в старые доски причала. Этот звук был почти мирным — и потому всё остальное звучало рядом ещё тяжелее.

Борис достал пачку денег и положил на стол.

— *Возьми. Ты единственный человек здесь, кому я доверяю.*

Старик даже не взглянул на купюры.

— *Мне не нужны твои деньги. Мне нужен ты живой.*

Он достал сигарету. Руки дрожали — не сильно, но достаточно, чтобы это было заметно. Долго не мог зажечь её. Борис молча протянул зажигалку.

Огонёк вспыхнул.

На секунду осветил лицо Джо.

И в этом коротком свете Борис увидел то, чего раньше не замечал: в его глазах был не просто страх. Там было что-то глубже. То, что остаётся после страха, когда жить всё равно приходится дальше.

— *У меня была дочь,* — *сказал Джо.*

Он не смотрел на Бориса. Говорил в темноту.

— Единственная.

На губах мелькнула слабая улыбка.

— Красивая. Упрямая. Вся в меня.

Он сделал затяжку. Дым растворился в тумане.

— Она ненавидела это место. Говорила, что уедет. Что не станет жить так, как мы.

Старик помолчал.

— А я отвечал ей: подожди. Потерпи. Здесь всё просто... если не высовываться.

Последние слова прозвучали так, будто он слышал их от себя слишком много раз.

Он долго молчал.

Потом сказал:

— Однажды Хозяин пришёл, когда её не было кому защитить.

Тишина стала плотнее.

— Я вернулся поздно. Дверь была открыта.

Сигарета замерла у него в пальцах.

— *Она сидела на полу.*

Он произнёс это почти беззвучно.

— *И не плакала.*

Борис сжал стакан так сильно, что стекло едва не треснуло.

Он не знал, что сказать. И понимал: говорить ничего не нужно.

— *Я сначала не понял, — продолжил Джо. — А потом понял всё сразу.*

Он закрыл глаза.

— *Я взял нож. И пошёл к нему.*

Теперь голос звучал ровно. Слишком ровно.

— *Я знал, где его искать.*

Старик посмотрел на свои руки — старые, потрескавшиеся, будто каждая линия на коже что-то помнила.

— *Даже не успел подойти.*

Он коснулся ноги.

— *Выстрел.*

Пауза.

— *Я упал.*

Ветер прошёл по веранде.

— Он подошёл ко мне, посмотрел... как на собаку.

Джо поднял глаза.

— И сказал: "Запомни. Здесь всё моё."

Сигарета догорела до фильтра. Он не заметил.

— Я остался жив, — сказал он.

Пауза.

— Потому что он так решил.

Теперь он впервые посмотрел прямо на Бориса.

— Понимаешь?

Борис не ответил.

И это было правильнее любых слов.

— Здесь никто не живёт, — сказал Джо. — Здесь выживают. Пока им позволяют.

Он медленно поднялся. Будто вставал не со стула, а из собственной памяти.

— Ты думаешь, ты другой?

Он смотрел прямо в глаза Борису.

— Он сломает тебя. Или убъёт.

Старик шагнул ближе, обнял его и тихо прошептал:

— Тогда молись, чтобы у тебя хватило сил закончить начатое.

После этого развернулся и ушёл.

Борис остался один.

Туман поднимался от реки, стирая границы между водой и землёй.

Мыслей не было.

Только одно понимание: теперь это уже не про деньги.

И даже не про выживание.

Это было про войну.

Связи в Джексонвилле

**Когда одна дверь закрывается,
другая открывается во тьме.**

После встречи с Хозяином Борис понял: в деревне для него всё кончено. Если он хотел остаться в игре, нужно было искать другой путь.

Завод закрыл перед ним двери. Взгляды местных стали колючими и пустыми. Даже те, кто раньше просто молчал, теперь смотрели так, будто заранее знали исход.

Уезжать он не собирался.

Это означало бы признать поражение.

Но у него оставалось главное — река по-прежнему приносила улов. А значит, у него всё ещё был товар.

Несколько вечеров подряд Борис сидел в доме без света и думал. Ветер скрипел ставнями, где-то в темноте лаяли собаки, а он перебирал в голове один и тот же вопрос: кому продать то, что нельзя продать здесь?

Ответ был за пределами деревни.

Вечером он поехал в Джексонвилл.

Город встретил его шумом дорог, неоновыми вывесками, запахом жареной рыбы, бензина и дешёвого алкоголя. После деревенской тишины всё здесь казалось слишком быстрым, слишком ярким, слишком живым.

На улицах никто не интересовался, кто ты такой, если у тебя есть деньги или товар.

Это было ему ближе.

Он зашёл в небольшой рыбный ресторан на окраине. Место без претензий: пластиковые меню, старые вентиляторы под потолком, телевизор без звука над стойкой. Но людей было много, а значит, кухня работала.

Хозяином оказался полный итальянец по имени Луиджи. Галстук был затянут слишком туго, рубашка натянута на животе, но глаза смотрели быстро и цепко.

Он сразу заметил, что Борис пришёл не ужинать.

— Что тебе? — спросил он, вытирая руки полотенцем.

Борис поставил на стойку ящик и открыл крышку. Внутри лежали свежие крабы, ещё влажные, пахнущие рекой и солью.

— Сегодня из воды, — сказал Борис. — Завтра можешь подавать гостям.

Луиджи наклонился, взял одного, осмотрел клешни, панцирь, мясо. Потом попробовал кусок, который ему быстро вынесли с кухни.

Во взгляде появился интерес.

— Сколько у тебя такого?

— Столько, сколько сможешь забрать.

Луиджи усмехнулся.

— Прямо с лодки? Без посредников?

— Прямо с лодки. Каждый день.

Итальянец оглянулся по сторонам, хотя в этом не было нужды.

— Завод давно держит нас на коротком поводке, — сказал он тише. — Цены ставят свои. Качество — как получится. Если ты говоришь правду, мы можем договориться.

Борис не улыбнулся.

— Мне нужны не только деньги. Нужны люди. Каналы. И если начнётся давление — защита.

Луиджи посмотрел на него внимательнее. Теперь перед ним стоял не просто рыбак с товаром.

— Ты переходишь дорогу серьёзным людям, — сказал он.

— Они уже начали первыми.

Некоторое время Луиджи молчал. Потом достал сигарету и закурил.

— Есть один человек. Маленький итальянец по имени Тони. Все знают, где его искать.

Он написал адрес на салфетке и подвинул её по стойке.

— Скажешь, что от меня.

Борис взял салфетку.

— И почему ты мне помогаешь?

Луиджи пожал плечами.

— Потому что монополия хороша только для того, кто сидит наверху. Остальным она надоедает.

Он снова посмотрел на ящик с крабами.

— И потому что товар у тебя отличный.

Борис кивнул и закрыл крышку.

Когда он вышел на улицу, город шумел так же громко, как и раньше.

Но теперь у него появился путь назад в игру.

Война неизбежна

**Когда жадность затвердевает,
становясь законом, начинается война.**

*Бар, который указал Луиджи, стоял на окраине города —
там, где заканчивались приличные кварталы и начиналась
территория людей, привыкших решать вопросы без лишнего шума.*

*Вывеска мигала через раз. Перед входом стояли грузовики, пикапы и
машины без номеров. Изнутри доносились смех, музыка и звон
бутылок.*

Борис вошёл.

*В таких местах никто не спрашивает, кто ты. Здесь смотрят
иначе: есть ли у тебя дело, деньги или проблема.*

Тони он узнал сразу.

*Невысокий, быстрый, с живыми глазами и дорогими туфлями,
которые странно смотрелись на липком полу дешёвого бара. Он
говорил сразу с несколькими людьми, но успевал замечать всё вокруг.*

*Когда Борис назвал имя Луиджи, Тони улыбнулся и жестом пригласил
за стол.*

— *Значит, это ты нашёл свой рыбный рай?*

Борис сел.

— *Я нашёл товар.*

— *Товар у многих. Вопрос — есть ли у тебя голова, чтобы его сохранить.*

Официантка принесла виски. Тони даже не смотрел, что именно ставят на стол.

— *Рассказывай.*

Борис коротко объяснил: деревня, завод, Хозяин, давление, перекрытые каналы, свежий улов каждый день.

Тони слушал внимательно, не перебивая.

Когда рассказ закончился, он тихо свистнул.

— *Красиво. Опасно. И прибыльно. Люблю такие истории.*

Он откинулся на спинку стула.

— *Если у тебя действительно есть доступ к такому товару, мы зайдём в Майами. Там за свежих крабов хорошие рестораны готовы платить без лишних вопросов.*

Он наклонился вперёд.

— *А если будут проблемы... а они будут... обращайся.*

Борис смотрел на него молча.

— И зачем тебе это?

Тони рассмеялся.

— Потому что деньги любят движение. А ты двигаешься.

Они пожали руки.

Рукопожатие было коротким, но в нём уже чувствовалась сделка.

Через неделю Борис вернулся в деревню не один. За ним стоял город — с машинами, людьми и пониманием, что сила бывает не только местной.

В трейлере рядом с ящиками лежало оружие. Он не собирался использовать его первым. Но больше не собирался быть беззащитным.

С этого дня всё изменилось.

По утрам Борис выходил в реку, ставил сети и возвращался с уловом. К вечеру грузил товар в трейлер и мчался в Джексонвилл. Там его уже ждали. Деньги отдавали сразу. И суммы были выше, чем на заводе.

Через несколько недель появились новые покупатели. Потом ещё.

То, что начиналось как попытка выжить, превращалось в собственное дело.

Но в деревне тоже считали быстро.

Рыбаки видели: Борис ловит каждый день, а на завод больше ничего не везёт. Значит, он нашёл другой путь. Значит, деньги уходят мимо них.

Сначала об этом шептались в баре. Потом начали говорить вслух.

— Чужак ворует наш хлеб.

— Чужак ломает порядок.

— Чужак забыл, где находится.

На реке всё чаще появлялись незнакомые лодки. По ночам за его машиной тянулся чёрный пикап. Окна дома снова находили разбитыми.

Воздух становился тяжелее с каждым днём.

Завод терял деньги. Люди теряли терпение.

Рестораны в городе начинали зависеть от него. Старый баланс рушился.

Борис больше не был просто рыбаком.

Он стал угрозой.

И понимал одно: дальше будет кровь.

Война на реке уже началась.

Встреча перед войной

**Любовь говорит наиболее честно
рядом с опасностью.**

Ночь была глубокой и неподвижной.

Борис сидел на веранде, не включая свет. Ружьё стояло рядом, но он почти не смотрел на него. В такие минуты важнее не оружие, а понимание, зачем оно вообще может понадобиться.

Со стороны дороги послышались шаги.

Он не обернулся. Уже знал, кто пришёл.

Мишель остановилась у ступеней. Некоторое время молчала, всматриваясь в темноту так, будто хотела увидеть его раньше, чем заговорит.

— Я знала, что ты не уйдёшь, — сказала она.

— Я тоже.

Ответ прозвучал спокойно.

Она поднялась на веранду и села рядом, оставив между ними расстояние. Не случайное — достаточное, чтобы не притворяться близкими и не делать вид, будто между ними ничего нет.

Некоторое время они слушали ночь.

Издалека доносилась вода. Где-то скрипнула лодочная цепь.

— Они тебя убьют, — сказала Мишель.

— Может быть.

Он не спорил. И не соглашался. Просто принимал возможность как факт.

Она повернула голову.

— Тогда зачем?

Борис долго молчал. Не потому, что искал слова. Просто некоторые вещи становятся правдой раньше, чем находят форму.

— Потому что если уйду... — сказал он наконец, — я уже не буду собой.

Мишель смотрела на него долго, не мигая.

— А если останешься — тебя может не стать вовсе.

Он едва заметно усмехнулся.

— Тогда хотя бы честно.

Она опустила взгляд.

— Мой отец...

И замолчала.

Он не просил продолжать.

— Я знаю, — сказал Борис.

Тишина между ними стала плотнее. Но в ней не было неловкости. Только то, что невозможно договорить до конца.

— Ты всё равно не понимаешь, — произнесла она тихо.

Он повернулся к ней.

— Понимаю. Поэтому и остаюсь.

Впервые за всё время она посмотрела на него не как на чужого. Не как на человека, которого скоро не станет. А как на того, кто уже сделал выбор и не ищет оправданий.

Мишель медленно подняла руку, будто хотела коснуться его лица. Но остановилась в нескольких сантиметрах.

Не решилась.

— Если выживешь... — сказала она.

И не закончила.

Он понял.

— Я вернусь.

На её губах появилась короткая улыбка — усталая и недоверчивая.

— Все так говорят.

Она поднялась.

— Тогда не говори, — добавила она. — Просто вернись.

Мишель ушла так же тихо, как пришла.

Борис остался сидеть в темноте.

Смотрел туда, где исчез её силуэт.

И впервые ясно почувствовал: теперь его решение касается не только его самого.

Война на реке

**Каждая битва начинается
задолго до первого выстрела.**

*У*тро начиналось, как обычно.

Туман лежал над водой, воздух был тёплым и влажным, волны лениво били о борт лодки. Но Борис чувствовал спиной то, чего не видел глазами: за ним наблюдают.

Он вытаскивал сети, когда в серой дымке начали проявляться силуэты.

Сначала одна лодка.

Потом вторая.

Потом ещё две.

Они не ловили рыбу. Просто держались на расстоянии и ждали.

Борис продолжал работать, будто ничего не происходит. Складывал сеть, проверял ящики, заводил мотор. Только движения стали точнее и короче.

Когда он развернул лодку к берегу, чужие суда двинулись одновременно.

Они сомкнулись вокруг него кольцом.

Запахло бензином и злостью.

— Чужак! — крикнул кто-то. — Ты здесь лишний!

Борис не ответил.

Он открыл ящик под сиденьем и достал карабин. Поднял его спокойно, без резкости, как инструмент, который лучше не использовать.

— Если хотите закончить это сейчас — подходите ближе, — сказал он. — Но тогда не все вернутся домой.

Лодки замерли.

Несколько секунд никто не двигался. Только моторы тяжело урчали в тумане.

Рыбаки переглядывались. Потом один за другим начали сдавать назад. Кольцо распалось.

Через минуту они уже растворялись в дымке, будто ничего не было.

Борис опустил оружие.

Он знал: это не победа. Только отсрочка.

С этого дня всё переменилось.

Деревня раскололась надвое. Одни по-прежнему работали с заводом. Другие всё чаще шептались в барах, что с чужаком, возможно, выгоднее.

Ночами слышались выстрелы. Днём лодки сталкивались на узких протоках, а вёсла всё чаще служили не для воды, а для драки.

Борис начал брать ружьё всегда. Сначала для защиты. Потом — потому что без него стало невозможно.

Однажды утром туман был особенно плотным. Его лодка вышла на середину протоки и почти сразу встретила две другие.

Они остановились рядом.

Несколько секунд мужчины просто смотрели друг на друга.

Потом один крикнул:

— Хватит воровать наш хлеб!

Лодки рванулись вперёд одновременно.

Сети с рыбой полетели за борт. Весло ударило по борту так, что дерево треснуло. Кто-то попытался схватить Бориса за плечо.

Он выстрелил в воздух, надеясь остановить безумие.

В ответ раздался другой выстрел. Пуля врезалась в дерево у его ног.

После этого всё смешалось.

Крики. Дым. Брызги воды. Удары дерева о дерево.

Лодки таранили друг друга, скользили, цеплялись бортами. Борис чувствовал: ещё немного — и его перевернут.

Он бросил руль, схватил мокрую сеть и швырнул её в ближайшего противника. Мужчина рухнул, запутавшись в тяжёлых канатах.

Чужая лодка развернулась боком. Этого хватило.

Борис дёрнул стартер, мотор взревел, и он ушёл в туман, пока остальные распутывали хаос, который сами создали.

На берегу он долго сидел рядом с лодкой и слушал, как остывает двигатель.

Руки дрожали не от страха — от понимания.

За этим боем придёт следующий.

Завод терял деньги. Люди теряли терпение.

И война на реке только набирала силу.

Разговор у реки

**Даже страх
устаёт от послушания.**

Ночь была тёплой. Туман медленно стелился по воде, сглаживая границы между рекой и берегом. В такие часы река переставала быть местом работы и становилась чем-то большим — пространством, где слышишь не шум, а смысл происходящего.

Борис стоял у лодки и не спешил возвращаться домой.

После последних дней дом перестал быть убежищем. Река — наоборот. Здесь всё было честнее: течение тянет вниз, ветер меняет направление, вода не обещает ничего лишнего.

Шаги он заметил поздно.

Они были тихими, почти осторожными, но не скрытными.

Он обернулся.

Из тумана вышли трое.

Среди них был Эрик.

Они остановились в нескольких шагах — не приближаясь, но и не прячась в темноте. Их присутствие было открытым. И в этом не было угрозы.

— Мы поговорить, — сказал Эрик.

Борис кивнул.

Он не задавал вопросов. Если люди приходят ночью сами, значит, слова у них уже готовы.

Один из мужчин посмотрел в сторону воды.

— Не все с ним.

Борис понял, о ком речь.

— С Хозяином, — добавил второй.

Третий сплюнул в песок.

— Он берёт слишком много. Давно.

Эрик стоял молча, позволяя говорить другим. Но именно он привёл их сюда.

— Мы работаем, — сказал первый. — А он забирает.

В голосе не было жалобы. Только усталость, накопленная годами.

— Ты другой, — произнёс второй, глядя на Бориса.

Тот усмехнулся.

— Я просто не делюсь.

На секунду кто-то из них даже улыбнулся.

— Поэтому мы здесь.

Тишина вернулась, но теперь она была другой — наполненной решением, которое уже принято.

Эрик сделал шаг вперёд.

— Завтра он выйдет сам. Они готовят последний бой.

Ветер прошёл по воде и качнул привязанную лодку.

— Если начнётся, — сказал один из рыбаков, — мы будем на твоей стороне.

Борис не ответил сразу.

Он смотрел на них, пытаясь понять не слова, а то, что стоит за словами. В такие моменты люди редко говорят правду ртом. Правда видна в том, как они стоят, как дышат, как не отводят взгляд.

— Почему? — спросил он наконец.

Они молчали дольше, чем требовал вопрос.

Потом Эрик ответил:

— Потому что кто-то должен его остановить.

Снова стало тихо.

— Но знай, — добавил второй, — если ты проиграешь...

Он не закончил.

И не нужно было.

Борис понял всё и без продолжения.

Они развернулись почти одновременно и ушли обратно в туман.

Тот принял их так же спокойно, как выпустил.

Борис остался один.

Но это одиночество уже не было прежним.

Теперь в нём появилось знание: если начнётся, он больше не будет стоять один против всех.

Последняя встреча

О некоторых прощаниях говорят ещё до того, как они случаются.

Ночь была почти без света.

Река исчезала в темноте, и только редкие огни на дальнем берегу напоминали, что она всё ещё существует.

Борис собирался молча.

Проверял оружие без спешки, как человек, который знает: если момент наступит, быстрее от этого он не придёт.

Шаги он узнал сразу.

Мишель остановилась у двери.

— Значит, сегодня, — сказала она.

— Сегодня.

Он не повернулся сразу. Это было не нужно.

Она вошла и закрыла за собой дверь. Некоторое время стояла молча, будто собираясь сказать что-то важное и не находя правильной формы.

— Они собираются, — произнесла она наконец.

— Я знаю.

Пауза.

— Ты всё равно пойдёшь?

Теперь он посмотрел на неё.

— Да.

Она кивнула. Без удивления. Как будто знала это ещё до того, как пришла.

— Тогда слушай. Если уйдёшь сейчас — выживешь.

Она сделала шаг ближе.

— Если останешься...

Слова оборвались.

Он не просил продолжения.

— Я знаю.

Мишель остановилась совсем рядом.

— Я не хочу, чтобы ты стал ещё одной историей, — сказала она тихо.

Борис чуть усмехнулся.

— Я уже стал.

Она долго смотрела на него. Потом подняла руку и впервые коснулась его лица.

Её ладонь была холодной. И чуть дрожала.

Он замер.

Это прикосновение значило больше любых слов, которые они когда-либо говорили друг другу.

Она убрала руку.

— Я буду ждать, — сказала она.

Борис кивнул.

— Не жди слишком долго.

На её губах появилась усталая улыбка.

— Я уже жду слишком долго.

Она развернулась и вышла.

Дверь закрылась тихо.

Борис остался один.

Некоторое время он смотрел в пустоту перед собой, где только что стояла она.

Потом взял оружие и вышел к реке.

В этот раз в нём не было ни сомнений, ни попытки остановиться.

Он просто знал: назад пути нет.

Финал на реке

**Что не рассудит огонь —
рассудит легенда.**

*Н*очь была безлунной. Густой, словно сама река решила скрыть всё, что должно произойти. Ветер стих. Только вода тяжело ударялась о борта лодки.

Борис сидел за рулём, держа рядом карабин.

Он знал: сегодня всё закончится. Или начнётся заново.

Тишина длилась недолго.

Вдалеке вспыхнул один огонь. Потом второй. Потом третий.

Затем десятки.

Лодки выходили из тумана медленно, как призраки. Их было больше, чем когда-либо прежде. Огни окружали его со всех сторон. Кольцо сжималось.

Борис поднялся во весь рост.

Он больше не пытался считать лодки или угадывать расстояние. Всё это потеряло смысл в ту секунду, когда стало ясно: происходящее уже нельзя остановить.

На самой большой лодке стоял Хозяин.

Белая рубашка выделялась в темноте. Над головой поднимался дым сигары. Он смотрел на Бориса спокойно, почти весело.

— Ну что, чужак! — крикнул он сквозь рёв моторов. — Думал, сможешь ломать наши правила? Думал, река принадлежит тебе?

Борис поднял карабин.

— Я думал, каждый имеет право на свою долю.

Смех Хозяина прозвучал сухо и громко.

— Здесь есть только одна доля. Моя.

Он поднял руку.

И в этот момент из тумана донёсся другой звук.

Не вода. Не моторы окруживших лодок.

Что-то новое.

Сначала далёкое. Потом всё ближе.

Силуэты начали проступать в темноте. Несколько лодок шли прямо, не меняя курса, не ища безопасного пути.

На первой стоял Эрик.

С ружьём в руках. Прямой, спокойный, уже без прежней внутренней разорванности. Он выглядел человеком, который наконец занял своё место.

— Ты не один! — крикнул он.

За ним шли другие рыбаки. Те самые, что ещё недавно шептались в баре и отводили глаза. Теперь они шли открыто.

И этим меняли всё.

Борис почувствовал это не как облегчение. Скорее как новую тяжесть: теперь происходящее касалось уже не только его.

Это стало их войной.

Хозяин резко опустил руку.

Прогремели выстрелы.

Пули били по воде, врезались в дерево, рвали борта лодок. Щепки летели в темноту. Крики смешались с шумом моторов.

Борис упал на колено и выстрелил в ответ. Вспышка осветила воду перед ним.

Одна из лодок противников дёрнулась и пошла боком.

Линия окружения дрогнула.

Потом сломалась.

Началась бойня.

Лодки сталкивались бортами. Люди падали в воду. Сети летели в лица, вёсла ломались о плечи и спины. Кто-то стрелял вслепую. Кто-то бил руками.

Борис завёл двигатель на полную мощность и рванул вперёд.

Нос его лодки врезался в ближайшую. Та перевернулась, люди исчезли в чёрной воде. Вторая ударила сбоку, но он вывернул руль, выскочил из зажима и пошёл дальше.

Сквозь дым и хаос он видел только одну цель.

Лодку Хозяина.

Та держалась чуть в стороне.

Хозяин не стрелял. Не вмешивался. Только наблюдал — как человек, уверенный, что финал уже написан.

Эрик прошёл рядом и крикнул:

— Заканчивай!

Борис кивнул.

И пошёл прямо на него.

Лодки сошлись борт к борту.

Борис прыгнул на чужую палубу. Карабин упёрся Хозяину в грудь.

— Всё кончено.

Хозяин медленно затянулся сигарой и выдохнул дым ему в лицо.

— Нет, Борис. Это только начало.

В ту же секунду пламя с горящей лодки перекинулось на палубу. Огонь побежал по доскам, добрался до бензиновых канистр.

Взрыв разорвал ночь.

Вода взметнулась огненным столбом. Лодки качнуло ударной волной. Людей отбросило в стороны.

И сразу после этого снова стало темно.

Когда туман начал рассеиваться, на воде остались только обломки, плавающие ящики с крабами и запах гари.

Наутро рыбаки нашли обугленные доски, пустые гильзы и следы крови на бортах.

Река текла спокойно.

Так же, как текла всегда.

В её движении не было ни памяти о ночи, ни признака того, что что-то изменилось.

Но для тех, кто стоял на берегу, изменилось всё.

Легенда о реке

**Река забирает всё.
Но не всё исчезает.**

После той ночи Бориса больше никто не видел.

Ни тела. Ни оружия. Ни лодки. Ни следов, которые можно было бы назвать правдой.

Река забрала всё сразу — огонь, кровь, крики, людей и ответы на вопросы, которые ещё долго задавали друг другу шёпотом.

Наутро на воде нашли только обломки досок, пустые гильзы, обгоревший кусок борта, порванные сети и ящики с крабами, качавшиеся на течении так спокойно, словно ночь прошла без свидетелей.

Хозяина тоже больше никто не видел.

*Одни говорили, что он сгорел вместе с лодкой.
Другие — что ушёл вверх по реке и начал всё заново под другим именем.
Третьи считали, что такие люди не исчезают — они просто меняют место, где продолжают править страхом.*

Деревня осталась без хозяина.

Сначала люди ждали, что всё вернётся как прежде. Потом поняли: возвращаться уже нечему.

Завод опустел.
Весы у причала заржавели.
Аэродром зарос травой.
Лодки всё реже выходили на воду и гнили у берега.
Старые дома пустели.

Люди начали уезжать — кто в Джексонвилл, кто ещё дальше.

Тайна, кормившая это место десятилетиями, распалась за одну ночь.

Остались только те, кому уже некуда было ехать.

Прошли годы.

Старые рыбаки ушли. Молодые выбрали города. Деревня стала тише, беднее, медленнее. Но по вечерам, когда в баре собирались немногие оставшиеся старики, разговор всё равно возвращался к тем временам.

И всегда находился кто-то, кто первым поднимал стакан.

— Помнишь Бориса?

Другой усмехался.

— Того русского? Такое не забывают.

Слухи жили собственной жизнью.

Одни клялись, что он погиб в огне той ночью и река забрала его, как забирает всё.

Другие уверяли, что видели его в Джексонвилле — в дорогом костюме, с чемоданом денег и лицом человека, который больше никому ничего не должен.

Кто-то говорил, что он стал владельцем сети ресторанов.
Кто-то — что ушёл в Мексику и начал всё заново.

А были и такие, кто шептал: по ночам, когда туман ложится особенно низко, на воде всё ещё можно увидеть лодку без огней. Она скользит по реке бесшумно, и где-то из темноты будто доносится далёкий смех.

Правды никто не знал.

Для одних Борис был безумцем, который бросил вызов системе.
Для других — человеком, доказавшим, что даже самая старая власть не вечна.
Для деревни он стал легендой.

Чужаком, вошедшим в их мир и изменившим его навсегда.

Но были и те, кто ничего не говорили.

Они просто слушали и иногда смотрели в сторону реки. Потому что знали: есть вещи, которые не заканчиваются, даже когда о них перестают говорить вслух.

Мишель уехала через несколько недель.

Никому ничего не объяснила.
Собрала вещи, закрыла дом отца и исчезла так же тихо, как жила здесь раньше.

Лишь много позже Кларк, хозяин бара, нашёл конверт, спрятанный между бутылками на верхней полке.

На нём было написано одно слово:

Борис

Письмо так и осталось неотправленным.

Внутри лежал короткий лист.

Если ты жив — не возвращайся.
Если тебя нет — значит, река оставила мне часть тебя.
Я жду ребёнка.
И однажды расскажу ему, что был человек, который не умел отступать.
Может быть, это и погубило тебя.
А может быть — спасло нас.

После этого Кларк никому не показывал письмо.

Только иногда, когда туман ложился особенно низко, он выходил к воде, закуривал и долго смотрел на реку.

Иногда по ночам туман поднимался особенно тихо.

Без ветра.
Без звука.

И тогда казалось, будто в темноте есть движение.

Словно лодка идёт сквозь реку без огней и без следа.

Никто не выходил проверить.
Никто не звал.

Потому что каждый понимал: если это правда — лучше оставить её там, где ей и место.

Старики в баре, вспоминая ту осень, всегда добавляли одно и то же:

— После Бориса рыбаки уже никогда не жили как раньше.

Годы спустя старик сидел на крыльце полуразвалившегося дома и рассказывал мальчишкам о тех временах.

— Тогда здесь ловили столько рыбы и крабов, будто сама река отдавала их людям, — говорил он, щурясь в закат. — А потом пришёл один чужак. Хотел жить по своим правилам. И всё изменилось.

Мальчишки слушали, затаив дыхание. Для них это была всего лишь история.

Но каждый раз, когда в тумане слышался тихий всплеск воды, старик невольно вздрагивал.

Ему казалось: Борис всё ещё там.

Среди течения и темноты.

Мишель часто приходила к реке.

Стояла там же, где когда-то стоял он.

Долго.
Молча.

Она не задавала вопросов. И не ждала ответов.

Иногда ей казалось, что в тумане есть силуэт. Далеко. Почти неразличимый.

Тогда она замирала и боялась сделать шаг.

Потому что знала: стоит приблизиться — и всё исчезнет.

Однажды она тихо сказала:

— Я знаю, ты не ушёл.

Она положила ладонь на живот.

— Мы всегда будем ждать тебя.

Река ничего не ответила.

Только туман медленно двигался над водой.

Река текла как всегда.

Она не возвращала ушедших.
Не подтверждала легенд.
Не делила людей на правых и виноватых.

Она забирала всё, что человек считал своим.

Но иногда оставляла после него больше, чем он сам успевал понять.

* * *

ЭПИЛОГ

О том, что остаётся

Некоторые места продолжают жить в человеке дольше, чем человек живёт в них.

Иногда кажется, что всё осталось позади: ночь, страх, выстрелы, лица, которые больше не вернутся. Но проходит время — и оказывается, что ничего не исчезает окончательно. Оно лишь уходит глубже. Туда, где уже нельзя увидеть, но всё ещё можно почувствовать.

Так бывает с памятью.
Так бывает с любовью.
Так бывает с болью.

Река всегда течёт вперёд, но вода в ней никогда не бывает той же самой. Человек устроен иначе: он может уйти далеко, сменить имя, дом, судьбу — и всё равно однажды услышать внутри себя тот самый берег, на котором когда-то решалось главное.

Мы теряем людей.
Теряем время.
Теряем себя прежних.

И всё же не каждая потеря означает конец. Иногда только потеряв, человек начинает понимать, что в нём было настоящим.

Может быть, поэтому одни истории заканчиваются последней страницей, а другие продолжаются в тишине после неё.

Река забирает всё.

Но не всё уносит навсегда.

Пусть теперь всё это унесёт река.

— Alex Avetis

Alex Avetis

ИСТОРИЧЕСКАЯ СПРАВКА

События этого романа происходят в 1978 году в вымышленном речном посёлке неподалёку от Джексонвилла, штат Флорида.

Хотя сама деревня является плодом воображения, её атмосфера и социальный уклад были вдохновлены реальными рыбацкими и речными сообществами американского Юга — местами, где жизнь зависела от воды, сезонов, тяжёлого труда и негласных правил, зачастую имевших большую силу, чем официальный закон.

На протяжении XX века многие подобные поселения существовали за счёт рыболовства, ловли крабов, лесозаготовок и неформальной торговли. Во времена войн, экономических кризисов и нестабильности такие сообщества нередко превращались в замкнутые миры, построенные на молчании, верности, страхе и необходимости выживать.

В подобных местах власть далеко не всегда принадлежала тем, кто был назначен управлять, — чаще она принадлежала тем, кого остальные боялись.

Этот роман является художественным произведением.

Многие персонажи и события вымышлены.

Но сама правда — нет.

Река забирает всё

Историческая справка: речные сообщества Северной Флориды

В начале XX века вдоль водных путей к югу от Джексонвилла, особенно в районах реки Сент-Джонс и окружающих болот, начали возникать небольшие рабочие поселения. Люди жили рекой — ловили рыбу и крабов, чинили лодки, заготавливали древесину и торговали с соседними городками.

Великая депрессия *принесла ещё большую нужду, но одновременно укрепила местные связи выживания. Денег почти не было, и многие сообщества существовали благодаря обмену, наличным сделкам и неформальным порядкам, находившимся за пределами официального контроля.*

После Второй мировой войны *многие мужчины вернулись домой, отмеченные насилием и потерями. Некоторые так и не смогли по-настоящему вернуться к обычной жизни. В изолированных местах страх стал привычным состоянием, а молчание передавалось от одного поколения к другому.*

К 1960–1970-м годам *некоторые поселения оказались под влиянием местных сильных людей, контролировавших цены, труд и саму возможность жить и работать. Власть там была не государственной, а личной.*

Именно из этой исторической тени рождается данная история.

Историческая хронология посёлка

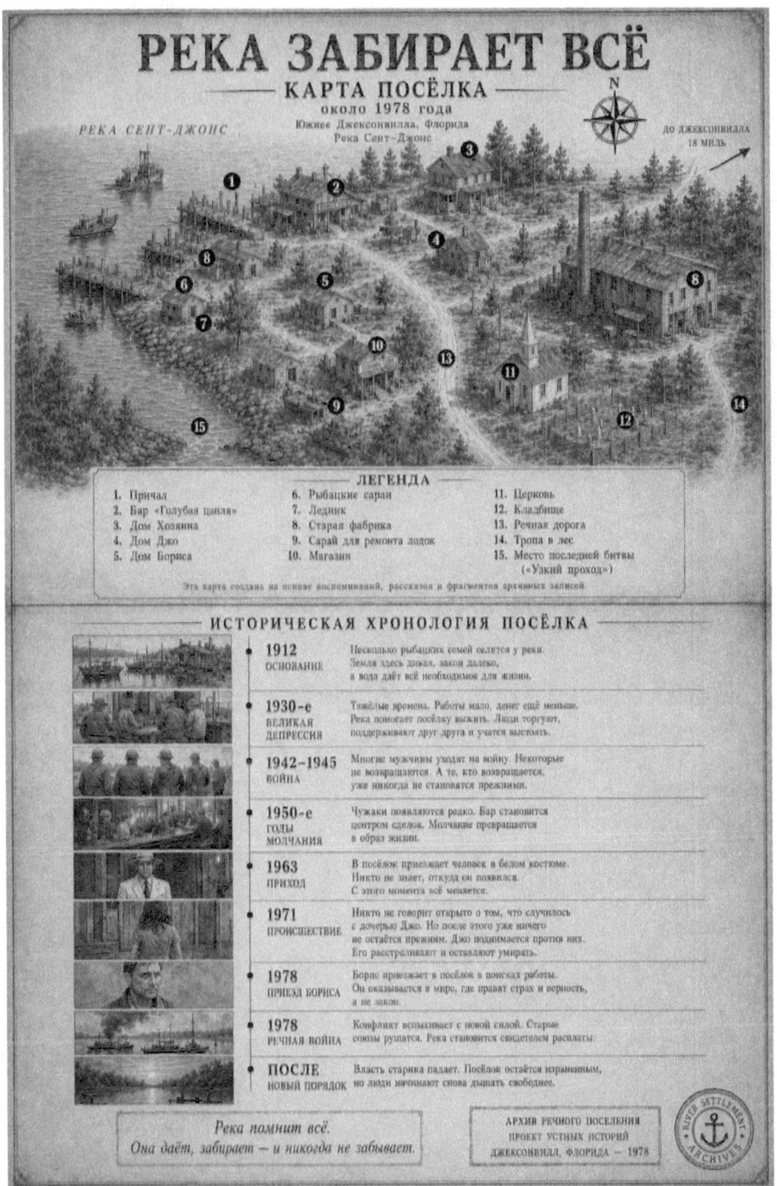

РЕКА ЗАБИРАЕТ ВСЁ

— АРХИВ ПЕРСОНАЖЕЙ —

Это люди, которые
создали эту историю.
Одни ищут власть.
Другие ищут свободу.
Но всех меняет река.

БОРИС

Чужак.
Скиталец.
Он пришёл к реке
в поисках работы.
Но нашёл мир,
которому не
принадлежал —
и борьбу, от которой
уже не смог уйти.

Сильные стороны:
Выносливость
Молчание
Верность

Слабость:
Слишком острое
чувство
справедливости.

ДЖО

Рыбак.
Хозяин лодки.
Живёт у реки
и знает её законы.
Он видит больше,
чем говорит,
и помнит всё.

Сильные стороны:
Мудрость
Опыт
Тихая сила

Слабость:
Его прошлое.

ХОЗЯИН

Он контролирует
посёлок.
Контролирует
торговлю.
Контролирует страх.
Власть для него —
единственная
валюта.

Сильные стороны:
Власть
Влияние
Запугивание

Слабость:
Паранойя.
Он никому
не доверяет.

ДОЧЬ ДЖО

Молодая.
Умная.
Она зажата между
жизнью, которую
знает, и жизнью,
о которой мечтает.

Сильные стороны:
Смелость
Доброта
Независимость

Слабость:
Мир вокруг неё.

— ЛЮДИ ИЗ БАРА —

Рыбаки. Рабочие. Скитальцы.
Одни верны. Другие боятся.
Все наблюдают. Все чего-то ждут.

Одни рождаются у реки.
Других она создаёт сама.
Третьих — ломает.
Но никто не способен
оставить её позади.

Alex Avetis

БЛАГОДАРНОСТИ

Моя глубокая благодарность всем читателям, которые верят в независимую литературу и дают новым историям шанс быть услышанными. Каждая страница существует потому, что кто-то где-то был готов слушать.

Особая благодарность тем, *кто понимает ценность памяти, свободы и человеческого достоинства — и продолжает защищать эти вещи как в тишине, так и открыто.*

Моей семье *— спасибо за вашу постоянную любовь, терпение и веру. Ваша поддержка помогала мне пройти через моменты сомнений и давала силы идти дальше.*

Моей маме и папе *— эта книга написана с благодарностью за всё, что вы мне дали: за ваши жертвы, наставления и пример стойкости и доброты. Без вас ничего этого не было бы возможно.*

И всем тем, чьи истории никогда не были рассказаны до конца, но продолжают жить в тишине — эта книга для вас.

— Alex Avetis

Река забирает всё

Alex Avetis

ОБ АВТОРЕ

Alex Avetis *— пишет литературную прозу о памяти, нравственном выборе и тихих моментах, в которых раскрывается подлинная тяжесть человеческой жизни. Его произведения часто исследуют то, что остаётся после страха, войны, изгнания и долгого молчания.*

*Он является автором романов **Madness of War, Grandmother and Her Suitcase** и **The River Takes All**.*

*Стиль **Alexa Avetisa** — атмосферный, сдержанный и глубоко человечный. Его привлекают истории, в которых личный выбор человека приобретает силу самой истории.*

Он пишет, чтобы сохранить то, что легче всего потерять: память, достоинство и мужество оставаться собой.

Он пишет, чтобы сохранить момент, когда человек делает выбор — и становится тем, кто он есть.

— Alex Avetis

Река забирает всё

Река забирает всё

РЕКА ЗАБИРАЕТ ВСЁ
★ МЕСТА ЭТОЙ ИСТОРИИ ★
У каждого места есть свои тайны. Одни защищают тебя. Другие уничтожают. Но все они помнят.
БАР «ГОЛУБАЯ ЦАПЛЯ»
THE BLUE HERON BAR
Место, куда мужчины приходят перед работой и после того, как весь остальной мир закрывает перед ними двери.
ПРИЧАЛ
Дерево и канаты. Соль и ржавчина. Каждый шаг здесь уже когда-то был сделан до тебя.
ЛЕДНИК
ST. JOHNS ICE & SUPPLY
Лёд, холодное пиво и тихие сделки за закрытыми дверями. Летом именно это место помогало посёлку выжить.
МАГАЗИН
GENERAL STORE
Здесь было всё необходимое. И всё, что люди не могли себе позволить. А ещё — новости, которые передавались через прилавок.
КЛАДБИЩЕ
Мёртвые никогда не покидают реку. Они просто становятся тише.
РЕЧНАЯ ДОРОГА
RIVER ROAD
Дорога внутрь. Дорога наружу. И самая длинная дорога, которую человек проходит в одиночку.
КАРТА ПОСЁЛКА
около 1978 года
ПРИЧАЛ
БАР «ГОЛУБАЯ ЦАПЛЯ»
ЛЕДНИК
МАГАЗИН
ЦЕРКОВЬ
КЛАДБИЩЕ
РЕЧНАЯ ДОРОГА
N
С воды можно увидеть всё. Но и река видит тебя.
★ МЕСТА ПОМНЯТ. ★
НО РЕКА ПОМНИТ БОЛЬШЕ ВСЕХ.
АРХИВ РЕЧНОГО ПОСЕЛЕНИЯ
ПОЛЕВЫЕ ЗАПИСИ № 78-25-22
ПРОЕКТ УСТНЫХ ИСТОРИЙ
ДЖЕКСОНВИЛЛ, ФЛОРИДА
Составлено в 1978 году ★ На основе устных рассказов

РЕКА ЗАБИРАЕТ ВСЁ

★ ЖИЗНЬ У РЕКИ ★

Река даёт человеку
то, что он заслужил.
И забирает то,
к чему он относится
без уважения.

НА РАССВЕТЕ

Ещё до восхода солнца
они уже уходят в реку.
День принадлежит тем,
кто встаёт раньше других.

ВОЗВРАЩЕНИЕ

Долгие часы.
Тяжёлые сети.
Хороший день или плохой —
никогда не узнаешь, пока
не вытащишь улов.

КРАБОВЫЕ ЛОВУШКИ

Наживка. Верёвка. Терпение.
Дело не в удаче.
Нужно просто знать воду
лучше остальных.

ЧИСТКА УЛОВА

Снова причал.
Работа ещё не закончена.
Ножи, чешуя и соль.
Еда для семьи.

ЧИНИТЬ ТО, ЧТО ЛОМАЕТСЯ

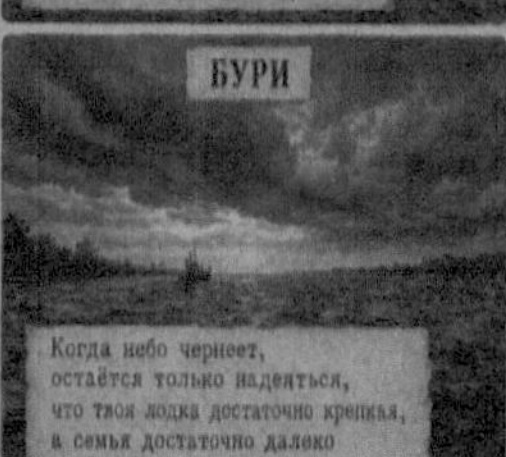

Лодки ломаются.
Сети рвутся.
Всё со временем изнашивается.
Ты либо чинишь это —
либо остаёшься без еды.

ДЕТИ РЕКИ

Они растут на воде.
Свобода и опасность
приходят к ним
одновременно.

ТУМАННЫЕ УТРА

По утрам река многое скрывает.
Она показывает только то,
что сама хочет показать.

БУРИ

Когда небо чернеет,
остаётся только надеяться,
что твоя лодка достаточно крепкая,
а семья достаточно далеко
от берега.

НОЧЬ НА РЕКЕ

Работа заканчивается.
Но река — никогда.
Она продолжает двигаться
ещё долго после того,
как тебя не станет.

Река нам не принадлежит.
Мы лишь берём
у неё взаймы.
Каждый день,
когда она позволяет
нам остаться.

★ РЕКА ПОМНИТ ВСЁ ★

★ *Составлено в 1978 году*
На основе устных рассказов

АРХИВ РЕЧНОГО ПОСЕЛЕНИЯ
ПОЛЕВЫЕ ЗАПИСИ № 78-JS-22

ПРОЕКТ УСТНЫХ ИСТОРИЙ
ДЖЕКСОНВИЛЛ, ФЛОРИДА

РЕКА ЗАБИРАЕТ ВСЁ
— ЖИЗНЬ У РЕКИ —

Жизнь у реки тяжёлая, честная и никогда не бывает одинаковой два дня подряд.

КРАБОВЫЕ ЛОВУШКИ НА РАССВЕТЕ
Ещё до восхода солнца они уже работают. Река не умеет ждать.

РЫБАЦКИЕ ЛОДКИ
Старые лодки. Сильные люди. Они выходят в реку с надеждой и возвращаются только с тем, что позволяет забрать река.

ЧИСТКА УЛОВА
Работа некрасивая. Но именно она даёт еду на стол и помогает семье выжить.

УТРЕННИЙ ТУМАН
Иногда по утрам река скрывает всё. Туман умеет хранить тайны.

БУРЯ ПРИХОДИТ БЫСТРО
Небо темнеет. Ветер становится жёстче. На реке буря никогда не спрашивает разрешения.

ПОЧИНКА СЕТЕЙ
Каждая дыра — потерянные деньги. Каждый узел — спасённое время. Сети кормят весь посёлок.

НОЧНЫЕ КОСТРЫ У ПРИЧАЛА
Ночью они разговаривают, смеются, спорят и пьют. А утром всё начинается снова.

СУШКА УЛОВА
Соль. Солнце. Время. Так рыбу сохраняли ещё до появления морозильников.

РЕКА НА ЗАКАТЕ
Когда день заканчивается, река продолжает течь. Она забирает всё... и отдаёт только то, что сама захочет.

РЕКА ДАЁТ...
Еду для стола
Работу для рук
Истории для сердца
Образ жизни
Причину остаться

РЕКА ЗАБИРАЕТ...
Беспечных
Жадных
Слабых
Тех, кто забывает, кто здесь главный
И иногда — лучших.

РЕКА СЕНТ-ДЖОНС — ЖИЗНЬ В ПОСЁЛКЕ, 1978
Жизнь у реки была честной и тяжёлой,
Мужчины выходили на воду ещё до рассвета,
чтобы расставить ловушки и сети.
Они жили по приливам, а не по часам.
А ночью собирались вместе — в баре, дома или на веранде.
Таков был ритм посёлка.
THE BLUE HERON BEER
ВЫХОД ДО РАССВЕТА
ПРОВЕРКА ЛОВУШЕК
РЫБАКИ В БАРЕ
ПОДНИМАЕТ СЕТЬ
ХОРОШИЙ УЛОВ
ЧИСТКА УЛОВА
ПОСЛЕ ДОЛГОГО ДНЯ
РАССТАВЛЯЮТ ЛОВУШКИ
СВЕЖЕЕ ИЗ РЕКИ
CHEVROLET CAPRICE ХОЗЯИНА
Архив речного поселения
Полевые записи № 78-JS-22
Река давала всё —
если человек был готов тяжело работать ради этого.
Она давала еду, заработок
и образ жизни, который оставался с тобой навсегда.
Проект устных историй
Джексонвилл, Флорида

ДЖЕКСОНВИЛЛ, ФЛОРИДА
ЖИЗНЬ В 1978 ГОДУ
ГОЛУБАЯ ЦАПЛЯ ПИВО
ЛЕДНИК
ЦЕНТР ДЖЕКСОНВИЛЛА
БАР «ГОЛУБАЯ ЦАПЛЯ» — РАЙОН РИВЕРСАЙД
ЛЕДНИК — ЛЮБИМОЕ МЕСТО МЕСТНЫХ
ХОЛОДНОЕ ПИВО
ДЕТИ ИГРАЮТ В БЕЙСБОЛ
РЕКА СЕНТ-ДЖОНС
РИВЕРСАЙД-АВЕНЮ
ПЯТНИЧНЫЙ ВЕЧЕР В БАРЕ
WINN-DIXIE
ДЕТИ ИЗ СОСЕДНИХ КВАРТАЛОВ
ОБЫЧНАЯ МАШИНА 1978 ГОДА
ПОКУПКИ НА ВЫХОДНЫЕ
ШКОЛЬНЫЙ ФУТБОЛ — ПЯТНИЧНЫЕ ВЕЧЕРА
Архив речного поселения
Полевые записи № 78-JS-22
Джексонвилл 1978 года был городом контрастов —
люди много работали, умели отдыхать
и старались сохранить свои традиции.
Река соединяла всех.
Проект устных историй
Джексонвилл, Флорида